사랑은 늘 아프다

사랑은 늘 아프다

펴 낸 날   2026년 3월 11일

지 은 이   전병호
펴 낸 이   이기성
기획편집   이서은, 최인용, 권희연
표지디자인 이서은
책임마케팅 이수영, 김정훈
펴 낸 곳   도서출판 생각나눔
출판등록   제 2018-000288호
주   소   경기도 고양시 덕양구 청초로 66, 덕은리버워크 B동 1708호, 1709호
전   화   02-325-5100
팩   스   02-325-5101
홈페이지   www.생각나눔.kr
이 메 일   bookmain@think-book.com

• 책값은 표지 뒷면에 표기되어 있습니다.
 ISBN 979-11-7048-987-0 (03810)

사랑은 늘 아프다

전병호

생각나눔

사랑은 늘/아프다
세상은 늘/아프다
내 가슴도 늘/아프다
그 한 사람 때문에

그리고
행복했었다
그 한 사람 덕분에

사랑은
늘/아프니까
사랑이다

차 례

1부
사랑을 만나다

2부 내 사랑 그대

3부
훗날에 다시

Chapter 1

사랑을 만나다

바람 부는 날에

나의 하루 속에
꽃이 피었다 지는 일은
그대를 사랑하는 나의 마음입니다

바람이 휩쓸고 간 날에도
이 악물고 버티며 일어서고
꽃잎이 떨어진 날에도
눈물을 감추고 서 있는 것도
그대가 내 곁에 있기 때문입니다

어두운 밤하늘 아래에서
별을 바라볼 수 있는 그 마음
바람 부는 날에도
꽃대를 꼿꼿이 들어
별을 바라볼 수 있는 일
그대가
아직도 내 곁에 있기 때문입니다

사랑은, 둘이라서 더욱 외로울 수 있는 일
하늘 아래 자유롭게 흔들리며
꽃이 피고 지는 일처럼
그대 곁에서 꽃처럼
언제나 피고 질 수 있으면 좋겠습니다

그대, 그대 있는 곳에서 바람이 불어오는 날에는
내 마음 왜 이리 흔들리는지
지금도 정말 모르겠습니다

그대에게 띄우는 편지

가끔

내 가슴 언저리에

소리 소문 없이 왔다 가는 그대

인생의 마디마디 간간이 찾아와

그립다 싶을 정도로

보고 싶고, 만나고 싶은 그대

먼 훗날을 노래하고

평생을 약속한 웃음 짓던 날은 가고

많은 시간이 흐른 지금

하늘에 별을 보며 그대를 생각합니다

봄은 낮은 곳에서 높은 곳으로

가을은 산에서 내려와 들녘을 지나

다시 산으로 올라가는 진리처럼

그대 보고 싶은 그리움은 내 진리가 되었습니다

인생의 마디 마디에서

가끔은 그대가 보고 싶습니다

가끔은 그대를 만나고 싶습니다

안개꽃 1

그대 아직도 날 사랑하고 있는가
가볍게 묻지 마세요
만인(萬人)의 꽃이라고
아무 데서나 고개를 흔들지 않아요
나는 사시사철
세상의 중심에 서본 적 없으나
세상의 중심을 감싸안고 있는 꽃입니다
나의 화려함보다는
그대의 화려함을 먼저 생각하고
강물의 선두에서 흘러가기보다는
후미에서 그대를 보호하며 따라가는
그대의 아름다움만을 위해 피는 꽃입니다

먼저 피는 꽃

지는데 피는 꽃은 꽃이 아니다
봄 향기 취하여 흔들리는 날에
피는 꽃향기보다도
처음 피는 꽃이
더 향기롭게 다가오듯
저기, 저 꽃들은 지고 있지만
지금 피는 꽃들보다
더 향기롭게 네 가슴에 피어 있지 않느냐?
지고 난 다음에 피는 꽃은 꽃도 아니다
나 그대 가슴에
피고 난 다음에 피는 꽃보다도
지고 난 다음에 피는 꽃보다도
먼저 피는 한 송이 꽃으로 살고 싶다

아름다운 사람

꽃이 진 뒤에도
아름다움이 남는
떠난 뒤에도
꽃처럼 아름다운
사람이 있습니다

먼저 피지도
늦게 피지도 않으면서
내 가슴 깊숙이 들어와
말없이
꽃으로 피어준 그 사람

혼자 있어도
외롭지 않은 봄날
가끔
그 사람이 보고 싶습니다

첫 눈

첫사랑 같은
첫눈이 내리네

온 세상을
포근히 감싸며

하얗게 하얗게
내 가슴을 적시며

소리 없이
말없이 떠나간
그 사랑처럼

첫눈 내리면
내가 만나야 할 사람
첫눈 내리면
나를 기다리는 사람

마음만이라도 따뜻한
생각만이라도 고마운 그 사람

첫눈처럼
포근했던 내 사랑은
지금은 무엇을 하고 있을까

그곳에도
첫눈이 내리고 있을까
그곳에도

가을 편지 1

마지막 편지를 쓰는 이 밤
이젠 그대를 보내드립니다

마지막 편지를 읽는 이 밤
이젠 그대를 잊기로 합니다

들꽃은 누구나 볼 수 있지만
어느 누구도 소유할 수 없어

밤 별은 누구나 볼 수 있지만
어느 누구도 소유할 수 없어

이젠 닫은 문을 열어드립니다
이젠 잡은 손을 놓아드립니다

아~ 어딘가서 별빛이 내려오면
아~ 어딘가서 꽃내음 밀려오면
그대인 듯, 그대인 듯 바라보며

어느 날에 잠들지 못한 별 하나
어느 계절 혼자서 피는 꽃 하나
그대인 듯, 그대인 듯 바라보며

나의 꽃밭에 향기롭게 피어준 그대
어느 들녘 잠시 피었다 가는 꽃보다
향기로웠습니다

나의 인생길 함께해준 고마운 그대
매일 오며 가며 만나는 사람들 보다
향기로웠습니다

우리

이 가을엔 눈물을 흘리지 않기로 해요

이 가을엔 기쁨의 웃음을 웃기로 해요

그대 안녕~

파도처럼 살래요

그대
그대가 보고 싶은 날
파도 한 아름 가슴에 담아
넓고 푸른 바다가 될래요

언젠가
파도 빛 가득한 날
그대 앞에서 알알이
흘러내리고 싶어요

파도가 닿는 해안가
모래 위에 쓴 글씨처럼
쉽게 무너져 내린 사랑은 싫어

누군가 그리워
파도가 저녁노을 아래
쉼 없이 부른 사랑 노랠
그대는 듣고 있나요

그리움은
부서진 파도로 대신
그게 나의 마음입니다

가고 싶어도
갈 수 없는 거리를
파도는 오늘도 떠나갑니다

내 사랑 그대

내 사랑 그대여
바람이 불어오거든
두 팔 벌려 가슴 가득 안아주세요
나의 그리운 향기 그대는 알겠지요
내 옷깃을 스친 바람 그대를 향하여 불어 갑니다

세상에 꽃이 피고 지는 한
우리 언젠가는 다시 한번
더 만날 수 있으리라 믿으며
밤하늘에 별이 가득 반짝이는 밤이면
나의 이름을 한번 살며시 불러주세요

밤하늘에 별이 뜨고 지는 한
우리 언젠가 다시 한번 더 만날 수 있으리라
굳게 믿으며
들녘에 꽃이 그리움으로 흔들리면
나의 이름을 속삭이듯 한번 불러주세요

그대 눈이 내리는 날
누군가 그리워지면
하얀 눈길 위에 발자국을 남겨두세요
눈길에 외로이 걸어간 발자국
그대의 흔적인 듯 알겠습니다

그대
비 오는 날
내 모습 그리워지면
노란 우산을 들고 지나가세요
노란 우산 속에 여인
그리운 당신이라 생각하겠습니다

그대여
새벽 밤하늘에
잠들지 못한 외로운 별 하나
창가에서 그대를 향하여 불 밝히면
잠들지 못하고
밤을 뒤척이는 사람이라 생각하고
살며시 손을 들어 흔들어 주세요

가을 나무들에게 물어봐라

마음이 슬퍼지거나
마음이 아파오면
가을 나무들에게 물어봐라
왜 너희들은 아프지 않느냐고
누군가 그리워지거나
누군가 보고 싶으면
가을 나무들에게 물어봐라
왜 너희들은 그립고
보고 싶은 사람이 없느냐고

말이 없다고
아프지 않은 법 있느냐?
어디 말이 없다고
보고 싶은 사람이 없겠느냐?
가을이 되어보면 안다
보고 싶은 사람이 얼마나 많은지

낮 달 1

어두워지면 어두워질수록 길이 만들어지는,
낮인 줄 모르고
아직도 하늘길을 서성이는가?
갈 길 잃은 너를
가슴으로 안아본다
어차피 가야 할 너를
푸른 강물처럼 품어본다
그때 그 사랑을 안아주듯
푸른 강물 위에 두둥실
돛단배 하나 떠나가듯
말없이 떠나간 당신

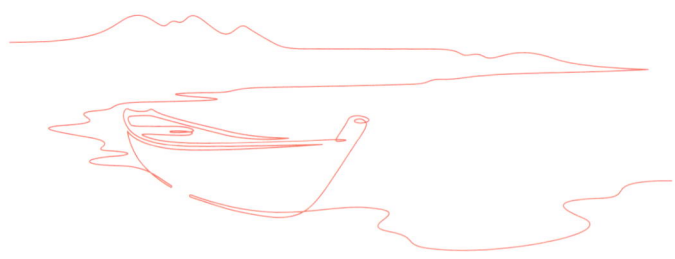

낮 달 2

그녀를 만나고
헤어져 오는 아침
낮달이 등 뒤에서 따라옵니다
저녁 내내 흘리던
우리 눈물을 보았는지
구름을 비켜 따라 울고 있습니다
그녀와 내가
함께할 수 없다는 것을
어젯밤에 보고 말았습니다
어젯밤 그녀와 나
둘만이 눈물을 흘린 게 아니란 걸
아침에서야 알게 되었습니다

너의 아픔은 나의 아픔이라며
낮까지 동행해 주는 그대가
내 사랑이었음을,
먼 옛날 사랑 보고파
하늘을 올려다볼 때
그대가 나를 지켜주는
내 유일한 사랑이었음을
오늘에서야 알게 되었습니다

낮 달 3

아, 가끔
바람 가슴으로 부딪혀 외로이 울던 날
날 찾아와
홀로 걷던 길에 들꽃 웃음처럼
환히 웃어주던 너
꽃잎 흩날리듯
왜바람* 가슴으로 밀려와
그리움으로만 부딪히는 데도
오늘은 보이지 않는구려
어젯밤 사랑 찾아 잠이 든 걸까

밤 별들도 떠나가고
홀로 서성이는 시간
푸르른 아침 강물에
조약돌 하나 던져본다
겹겹의 동그란 그물 속에서도
걸리지 않는 사랑이여!
파랗게 시퍼렇게
속으로만 울고 있는
아침 강물이여!

왜바람: 방향 없이 이리저리 마구 부는 바람.

편 지

그대 사랑
하얀 목련꽃 피어나듯
갇혔던 시간 속에서
맑은 꽃으로 화사하게
피어났으면 좋겠습니다

그대 사랑
뿌리에서 가지로
가지에서 봉우리로
나에게로 피어오는 동안
라일락꽃 향기처럼
차가움일랑 땅에 묻어두고
아픔일랑 쉬 잊어버리고
순백색 목련꽃으로만
다가와 피었으면 좋겠습니다

접힌 시간이
기다림 꽃으로 부풀어 오르는 날
그 아래 홀로 서성이는 동안도
나 외롭지 않은 것처럼
꽃잎이 피어나듯, 날리며
그대의 어여쁜 소식들이 다다를 때까지는
해바라기꽃 밝은 마음으로만
기다릴 수 있었음 좋겠습니다

칸칸이 그려진 꽃밭에서
무수한 꽃잎들이 흩날리는 봄날
그대의 숨결, 노랑나비 떼를 쫓아가며
보리밭길 이랑에서 이랑으로
때로는 잔잔한 강물을 건너서
들풀 외로이 흔들리는 들녘을 지나
그대 서 있는 기다림 위로
내 그리움 하나 그렇게
다다랐으면 좋겠습니다

꽃들도 편지를 쓰는 계절
노랗게 하얗게 편지를 쓰듯
봄날에는 나도 흩날리는 꽃잎으로
그대에게 편지를 쓰겠습니다

하여,
나무들이 가을에 답장을 쓰듯
가을에는
그대의 답장을 받았으면 좋겠습니다

사랑하는 사람을 잊는다는 것은

사랑하는 사람을 잊는다는 것은
사랑하는 사람을 지우는 일이다
나를 바라보던
해맑은 눈동자를 지우고
촉촉하게 밀려오던
입술을 지우고
언제나 웃어주던
얼굴을 지우며
탱탱하게 솟아오르던 가슴과
가슴 사이 까만 점을 지우듯
연약한 몸을 지우고
우리 사이 무수한 별밤을 지우듯
전라(全裸)를 지우고
마지막으로
칼을 갈 듯
생각을 지우는 일이다

사랑하는 사람을 잊는다는 것은
사랑하는 사람을 지우는 일이다
아주 깨끗하게
잘못 쓴 글자를 지우듯
내 속에 그대를 깨끗이 지우는 일이다
지우면 지워지지 않는 글자는 없다
지우면 지울수록 눈물이 날 뿐
지워진 자리에는
자국이 홀로 남겨질 뿐
사랑하는 사람을 잊는다는 것은
누군가의 가슴에 자국을 남기는 일이다
결국 누군가의 가슴에 낙인을 찍는 일이다

목련꽃 피는 길가에서

길을 걷다가
살며시 뒤돌아본 길
아이 하나와 눈이 마주칩니다
뽀얀 얼굴로 웃으며
반갑게 맞아줍니다
자주 걸었던 길가
겨울 추위에도 그 자리에서
비 오는 날도 그 자리에서
어두운 밤길에서도
나의 모습을 바라보던 아이
나는 항상 말없이 지나쳤습니다
나를 묵묵히 지켜보던 아이
그 아이가 오랫동안
나를 사랑했다는 것을,
봄날이 되고서야 알았습니다

샛노란 그리움

봄이 오는 길목에서
그대가 그리워
속으로 눈물을 삭입니다
그대를 만나
웃는 행복했던 날들보다
그대를 잊으려 눈물짓는 날들에
왜 그리 눈물만 흐르는지 모릅니다
그대는 아실까요
그대를 만나 웃었던 날들보다
그대를 잊으려 몸부림치는 날들이
왜 그리 길게만 느껴지는지
그대는 아실까요
지나간 겨울은 쉬 잊을 수 있는데
지난 봄날에 스쳤던 그대 고운 머릿결 향수
별 외로이 스치는 잠 이루지 못하는 밤처럼
그대 향기는 왜 그리 진하게 다가오는지

끝없이 다가왔다
기약 없이 지나가는 당신의 얼굴
웃으며 스쳐 가는 그리움
보고 싶음으로 아련히 다가오는 눈빛
이 모두 다 사랑하고 싶습니다

봄이 오면
노란 산수유꽃 핀 길로
봄나들이 가자는 그대와의 약속은
채 피기도 전에
잔설 속 그리움으로 녹고 말았습니다
그대는 아시나요?
따사한 산자락 양지 녘에
산수유꽃은 소리 없이 피어
그대의 고운 발길을 기다리며
샛노란 그리움으로
피고 지는데

접시꽃 그리움

행여 그대 소식 들릴까
마디마디 귀를 열고
바람의 끝을 따라간다
그대를 스쳐 지나온 바람
말이 없고, 외로이 흔들리며
그대 멀어져간 길 끝을 바라본다
어딘가에서 꽃으로 피었을 사랑아
그대와 입맞춤은 꽃향기처럼 흘러
아직도 내 가슴 깊이 남아있는데
밤새도록 나를 내려다보는 별 하나
그대인 듯, 그대인 듯 바라보지만
새벽마다 말없이 사라지는 그대
창가에 달빛이 외로이 흔들리고
목련꽃 그림자 홀로 서성거리면
그 누구인가 가볍게 묻지 마오
별빛이 어둠을 토닥이는 밤
그리움 어둠 속으로 고개를 들어
그대 고이 잠든 밤하늘을 바라본다

복수초 사랑

오랜 그리움의
기다림이 너무 길었을까?
기다림의 그대가 보고 싶어
불쑥 내민 얼굴로
여기저기 둘러보아도
하얀 차가움만이 쌓여 있을 뿐
내 그리움은 어디에도 없어요
찬바람을 타고 다 쓸려간 걸까
아직 오지 못한 걸까
기약도 없이 불쑥 찾아와
실바람에 고개만 설레설레 흔들다
말없이 홀로 가는
雪原에서 언제나 홀로 피고
홀로 지는 그리움의 꽃

그대가 그리운 날은 시를 쓴다

봄날 쏟아지는 눈매의 시샘에
한 떨기 고운 꽃이 지고 나면
서럽듯
누군가가 떠나고 나면
마냥 울고 싶어진다
그대가 생각이 날 때면
그대가 아련히 그리운 날은
이제 그대를 그리워하지 않으리
그대가 그리워지는 날은
詩 한 편 곱게 불어 바람결에 실어
그대에게로 날려 보내리라

그대였으면 정말 좋겠다

먼 훗날 한 번쯤 되돌아볼 수 있는
그런 사람 하나 있었으면 좋겠다.
지금은 당장 얼굴 붉히며
언성을 높여 싸울지라도
먼 훗날 그리움으로 뒤돌아볼 수 있는
그런 사람 하나 옆에 있었으면 좋겠다.
내 인생의 한구석에서
살아가는 데 힘이 되고 나를 지탱해 주는
오랫동안 같이 할 수 있는
고운 사람 하나 있었으면 좋겠다.
살아가는 자체만으로도 삶이 버거울 때
나를 인정해 주고 진정한 마음을 알아주는
내 인생에 힘이 되어 주고 위로해 줄 수 있는
그런 너그러운 사람 하나쯤 있었으면 좋겠다.
보고 있는 자체만으로도 보고 싶고
생각 자체만으로도 그리움을 느끼는
만나고 뒤돌아서면 또 보고 싶은 사람
헤어짐이 무서워 울지 않아도 되는
그런 사람 하나 있었으면 정말 좋겠다.

먼 훗날
삶이 힘들고 지칠 때
먼 훗날
삶이 힘들고 고단할 때
그리움으로 뒤돌아볼 수 있는
아름다운 사람 하나 있었으면 좋겠다.

인생의 끝에서
둘만의 시간을 만들고
언제 어디서나 보고 싶으면 볼 수 있는
만나고 싶으면 바로 만나
그 옛날의 옛사랑을 노래할 수 있는
그런 사람 하나 있었으면 정말로 좋겠다
먼 훗날 만나지는 못하더라도
생각만으로도 행복한 사랑을 떠올릴 수 있는
그런 사랑 하나쯤 있었으면 정말 좋겠다.
그런 사람이
그대였으면 정말 좋겠다.

내 사랑 하나

저기, 저 달은 쉬 기우는데
내 발길 끝에 머문
그대 눈빛은 애처로이 머물다
고산(高山) 봉우리 너머
어둠을 밀고 가네
달빛 머금은 풀잎 끝에
떨어질 듯 떨어질 듯 달려있는
남(南)녘의 그대 고운 향기
연한 새벽바람에 춤을 추다가
허공으로 알알이 부서져 내리면
오! 풀잎 끝 내 사랑 하나가 떠나간다

스무 살에 못다 한 연애를 하고 싶다

세월은 흘러 흘러서
내 젊은 날에 두고 온 사랑이
그립고, 그립다
그때 그 사랑이
새록새록 돋아나는….
가는 세월에도 눈물을 흘려야 하는
나이, 인생 사십 대
그대가 보고 싶고, 그립다
풋풋한 얼굴로 다가오던 그대
그대 떠날 줄 몰라서
행복했던 날들은 가고
우리 어깨 나란히 마주하며
들길을 걸을 때 스쳐 지나가던 바람은
지금 어디쯤 흘러가고 있을까?
하늘에 별들은 지금이나 예나
그대로인데
내 인생 가을로 물들어 가고
너는 나의 마음속으로 자꾸만 들어와
들길을 걸으며 사랑을 속삭이자 하는데….

스무 살에 두고 온 고운 입술
그대 모습 아련히 다가오는
인생 사십 대
무심코 흘려버린
내 젊은 날에 청춘
쫓기듯 쫓기듯 살아온
허무한 인생
이십 대는 어디에도 없고
사십 대만 있는 슬픈 인생
스무 살에 못다 한 그 사랑이
그립고, 그립다

503호실

머리칼에서 잊을 수 없었던
그리움들이 쏟아지던 날
잊을 수 없는 사랑이
가슴 가슴으로 안기던 시간
우리의 4月은
봄 햇살을 타고
발가벗은 503호실로 그렇게 왔었지!
꼭 걸어둔 호실 창문을 밀치고
그렇게 왔다가 어둠에 밀려
떠나고 말았지만
시화호 건넌 해풍(海風) 한 점
4월의 부끄러운 사랑을
창 너머로 다 보고 말았네!

503호실에서
날 부르는 소리
흩날리는 그대 머릿결에서
그리움들을 낱낱이 캐고 싶은 소리
4월의
먼 산, 봄 그림자 늘어지면
머릿결 고운 그 내음이 말려온다.

제부도

누가 있어 오라 하지 않아도
겨울이면 그곳에 가고 싶다
한적한 길 따라
바람 한껏 가슴에 안으며
연륙교 위를 거닐고 싶다
하얀 눈 날리는 백사장
알알이 부서지는 은빛 구슬
얼굴 따갑게 차가워도
그대와 손잡고 거닐고 싶다
때때로 물 빠진 갯벌
스산한 제부도 겨울 바닷가
저려오는 추억
그 추억을 찾으러
그곳에 가고 싶다

오지도 가지도 않을 거면서

오다 그치다
내리다 멈추다
맑게 갠 날들이 없어
내 마음 어디 둘 곳이 없다
하늘은 한 달 내내 찌뿌둥하고
며칠을 그렇게 비 내린다
오지도 가지도 않을 거면서
누군가가 생각이 나다
잊혀지면
하늘에 구름 한 점 지나듯
아련히 스쳐 지나간다
그대 오지도 가지도 않을 거라면
코스모스 핀 맑은 가을하늘에
구름 한 점 띄우지 마라
내 마음은
또다시 하얗게 멍들어 온다

너는 좋겠다

강물은 좋겠다
흘러가고 싶을 때
마음대로 흘러가고
사랑하는 사람에게
가고 싶을 때
마음대로 갈 수 있으니

바람은 좋겠다
산 너머로 가고 싶을 때
마음대로 넘어가고
사랑하는 사람에게
가고 싶을 때
마음대로 다가갈 수 있으니

어둠은 좋겠다
숨기고 싶을 때
마음대로 숨기고
모두가 잠든 시간에도
하늘 가득 별 띄워놓고
밤새도록 바라볼 수 있으니

너는 좋겠다
사랑하는 이가
그대 목소리 듣고 싶을 때
바람으로 다가와서 듣고
보고 싶을 때
밤하늘 가득 별 불러놓고
잠든 그대 모습 바라보니

너는 정말 좋겠다
강물처럼, 바람처럼, 별빛처럼,
하루도 잊지 않고
매일 그대 곁을
스쳐 지나가는 사람 있으니

잃어버린 세월

그대가 내게로 왔어요
머언 먼~ 세월 돌고 돌아
그대가 다시 날 찾아왔어요
그대 어서 오세요, 기다렸어요
그대 하루도 잊은 적 없었어요
그대 어서 오세요
다시 볼 수 있어 정말 좋아요
그대 어서 오세요
넓은 가슴으로 안아줄게요
이제는 날 두고 떠나지 말아요
그대, 그대가 잃어버린 30년
내가, 내가 꼬~옥 찾아줄게요
우리, 우리 지금부터 같이 해요
영원히, 영원히 같이 해요
오래도록 그대만을 사랑해 줄게요
내 사랑 당신만을 사랑해 줄게요

아름다운 길

푸르른 강물처럼

먼 길 굽이굽이 흘러

긴 여정 끝에 도착한 오늘

그대 품속에 살아온 소중한 시간

나무, 돌, 바람, 밤 별, 꽃, 이별, 아픔, 사랑….

다 사랑스럽고 아름다웠네!

다시 시작이다

그대가 세상으로 피워놓은

그 꽃길 속으로 들어가

아름답게, 아름답게만

걸어가자, 꽃길을 바라보고 걸으면

그 꽃길은 그대 것이다

〈정년 퇴임 시〉

꽃들에게 1

꽃들아!
꽃 필 때에는
많은 사람들이 몰려와
널 바라보지만
꽃이 지면
아무도 찾아오지 않는다
서운하다 생각하지 마라
너에게로 왔던 사람들
마음속 가득 꽃 피고 있다
마음속 가득 너를 꽃 피우고 있다

꽃들에게 2

봄날
네 앞에 줄 선 사람들
너의 향기로움이려니
가장 멋진 모습으로
가장 아름다운 모습으로
가장 향기로운 모습으로
언제나
나를 불러주는 그대
그대가 제일 향기로운 꽃이다

꽃들에게 3

꽃들아
혼자 피고 지는 일이
제일 아름다운 일이다

꽃들아
먼저 피고 지는 일이
제일 행복한 일이다

혼자 핀다고
외로워하지 마라

먼저 핀다고
슬퍼하지 마라

혼자 피다 보면
바라보고 있는 사람들
모두가 꽃으로 피어난다

먼저 피다 보면
뒤따르고 있는 사람들
모두가 꽃으로 피어난다

Chapter 2

내 사랑 그대

안개꽃 2

그대
아직도 날 사랑하고 있는가?
가볍게 묻지 마세요

살아온 인생길
세상 중심에 서본 적 없으나
세상 중심을 감싸안고 있는
나는 밖에서만 피는 꽃입니다

그대 아름다움만을 위해
나의 아름다움을 숨기고
세상 안에 서 있는 것보다
세상 밖에서 바람에 부대끼며
그대만을 위해
밤낮으로 흔들리는 안개꽃입니다

나의 화려함보다는
그대의 화려함을 먼저 생각하고
강물의 선두에서 흘러가기보다는
후미에서 그대를 보호하며 따라가는
홀로 필 수 없는 당신만의 꽃입니다
그대가 옆에 있을 때
나는 비로소 꽃으로 필 수 있습니다

언제나 밖에서
그대의 행복한 내일을 위해
오늘을 희생하는 난
그대가 더 아름답게 빛날 수 있다면
이 한 몸 더 하얗게 하얗게 꽃 피우겠습니다
나는 그대에게 안개꽃 같은
그런 사람이고 싶습니다

그대 아직도 날 사랑하는가?
그렇게 가볍게 묻지 마세요

그대는 언제나
안개꽃 속에 있어요

그대는 언제나
안개꽃 속에 숨 쉬고 있어요

그대라는 꽃처럼

먼저 피는 꽃이
제일 예쁘다

가까이 있는 꽃이
제일 사랑스럽다

지금
나를 바라보고 있는 꽃이
제일 아름답다

그대라는 꽃처럼

꽃보다 그대

꽃을 보고
이쁘다
이쁘다
말하는 그대가
꽃보다
더 이쁘다

사람을 보고
이쁘다
이쁘다
말하는 그대가
꽃보다
더 이쁘다

봄 꽃 1

한 계절이 가고
다시 꽃이 피네요~

오늘 하루도
봄꽃처럼 다가온
당신이 있어 행복합니다

봄꽃 2

어느 날
봄꽃처럼
다가온 당신

언제나
봄꽃처럼
내 곁에 머물러 주세요

봄 꽃 3

세상에
꽃이 피어도
꽃이 져도
당신은 언제나
내 가슴속에 핀 꽃입니다

봄 꽃 4

꽃이
필 때처럼
당신을 바라보면
내 가슴도 활짝활짝 피어납니다

봄 꽃 5

당신을
만나지 못해도
당신이 내 곁에 있다는 생각에
나의 몸엔 항상 꽃이 핍니다

우리 언제나 같이 꽃으로 펴요

봄꽃 6

오늘 하루
누군가를 사랑하고
누군가를 기다린다는 것
이 세상 최고의 행복입니다

내일도
그대만을 위해 꽃 피우겠습니다

봄꽃 7

사랑스러운 당신!
꽃이 져도 잊지 않을게요

사랑스러운 당신도
꽃이 져도 잊지 마세요

우리가 꽃이란 걸요

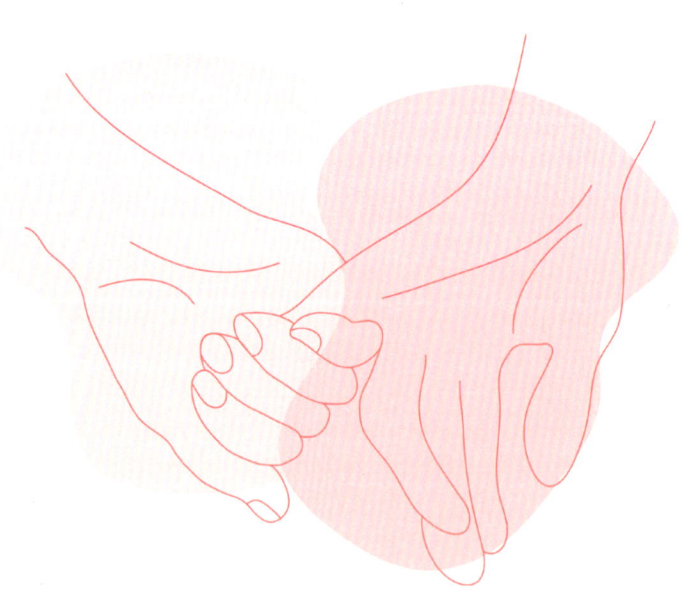

봄꽃 8

꽃 앞에서는
꽃이 되고 싶어요

나에게 언제나 꽃인 당신
당신의 향긋한 꽃내음 속에
오늘도
피었다 지고 싶어요

그대 사랑하는 날은 언제나 봄날

어제도 봄
오늘도 봄
내일도 봄
그대 사랑하는 날은 언제나 봄날

그해 가을처럼

그해 가을은
참 아름다웠으리

너의 가을도
나의 가을도
하나의 가을로
알알이 익어간 계절

뜨거운 태양 아래서
이 한 몸 뜨겁게 달구어
알알이 여물듯
가을로 가 익으리라
너에게 다시 가 익으리라
그해 가을처럼

봄날, 이래서 좋다

어느 길로 가도
웃는 사람들과 마주치고
네 길 내 길 구분 없는
모두가 함께 걸을 수 있는
꽃길이 있어 좋다
산길에서 만나는 사람들
웃지 않는 사람 없고
혼자 걸어도
둘이 걷는 것처럼
여기저기서 웃어주는
봄날이 좋다
햇살의 유혹에 못 이겨
펑펑 피어나는 꽃들처럼
봄날에는
너에게
한 번쯤 이끌리고 싶다
봄날의 유혹은 무죄!

시월에는

시월에는
입을 꼭 다물고
눈으로만 사랑을 하리라

시월에는
내가 사랑했던
그 사람을 위하여
입을 꼭 다물고

시월에는
내가 사랑했던
그 사람을 위하여
가슴을 활짝 열고

지는 잎마다
우리 사랑 가득하니
지는 나뭇잎을 향하여
공손히 머리를 숙이자

그 사람이 사랑했던
시월에는

그대는 나의 꽃

그대는 나의 꽃이다
그대는 나의 꽃이다
짓궂은 바람의 장난에도
어둠의 위협에도 아랑곳하지 않고
눈보라 치는 들녘을 헤집고
무딘 서릿발 속을 뚫고
내게로 다가와 살며시 피어준
나의 아름다운 꽃이다
홀로 왔다
홀로 가는 아픔도 잊은 채
언제나 아름답게 피어나는 꽃
4월 창가
잠든 내 곁을 지켜주는
향기롭게 서 있는 꽃
그대가 나의 꽃인 것은
지금 내 앞에 피어 있기 때문이다
그대가 나의 꽃인 것은
지금 나만을 바라보고 있기 때문이다

가을 편지 2

누군가 나에게 편지를 쓴다는 것
나를 사랑하는 마음
가을엔 나도
붉은 단풍잎으로
그대에게 편지를 한 통 쓰겠어요
굳이 사랑한다는 말은 하지 않겠어요.
붉은 단풍잎 하나 넣어
내 마음 띄우겠어요
그대 봄날에
화사한 봄날에
사랑 가득한 편지를 주세요
나는 그때까지
그대만을 사랑하고 있을게요
사랑한다는 말이 없어도 좋아요
보고 싶었다는 말이 없어도 좋아요

그리운 날은 그리운 날대로 살아가자

네가 그리운 날은
그리운 날대로 살아가자
네가 없는 날에도 네가 그리웠고
네가 있는 날에도 네가 그리웠다
하물며 네가 없는 날엔들
나 홀로 살아가지 못하랴
햇살 가득한 하루 속에 묻어둔 추억들이
밤하늘 아래 그대 첫 입술이
살랑살랑 다가와 간지럽힌다 해도
그대와 함께 한 모든 추억이
나를 잠들지 못하게 한다 하여도
청포도 알알이 익어가는 상큼한 사랑처럼
그대 그리움이 알알이 익어간다 해도
그대가 그리우면
그리운 만큼 눈물로 살아가야지
그래도
그대가 보고 싶고 그리운 날이 있다면
그날은 한 번쯤은 그대에게 전화를 해봐야지

외로운 밤

그리움이
크거나 작거나
가슴으로 안고
그림자를 늘이며 갑니다
비가 오는 날엔 빗물에 젖고
그리운 날엔 눈물에 젖어 듭니다
눈 오는 날은 가슴이 시려옵니다
산허리 길게 물고 늘어지는 밤
산 너머 그대를 찾아갑니다
그대는 내게 다가온 적이 없습니다
돌아가면 돌아가고
멈추면 저만치서 멈추어 서버린
언제나 비켜만 가는
만날 수 없는 그리움이었습니다
한 번쯤 만나 줄 것도 같은데
한 번쯤 웃어줄 것도 같은데
한 번쯤 따라잡을 것도 같은데
언제나 등 뒤로 돌아만 가는 내 그림자

달은 나

오늘도 외로운 밤

그대를 밀고 어둠 속으로 갑니다

그대가 그립습니다 1

오늘도
그대가 그리운 건
그대가 나의 가슴으로
굽이굽이 흘렀기 때문입니다
그대가 그리운 날
강가에 서서
강물을 바라보면
끝 모를 강물이 되어 흘러갑니다
들녘에 서서
흔들리는 들꽃을 바라보면
외로운 들꽃이 되어 흔들거립니다
나의 향기로움은
그대의 향기였음을
그대가 떠나간 후 알게 되었습니다

그대가 그립습니다 2

바다로 흘러간 강물과
산 너머로 흘러간 바람은
영영 되돌아오지 않았습니다

그곳에서
그리운 이를 만나고
사랑하는 이를 만나
행복에 겨웠나 봅니다
계절은 갈 길을 잃고
호숫가를 맴도는데
바람에 흔들리는 나무는
아직도 아픔으로 흔들리는데
강물과 바람은
오늘도 어제처럼
말없이 그곳으로 흘러갑니다

그대가 그리운 날은

강물을 따라

바람을 따라

바다로, 산 너머로

따라가 보고 싶습니다

그곳에서

나의 그리운 이를

만나고 싶습니다

그리하여

사랑하는 님을 만난다면

왜 돌아오지 않았느냐고

왜 보고 싶지 않았느냐고

왜, 왜….

사랑하는 이의 가슴에 안겨

오래도록 눈물을 흘리고 싶습니다

그대가 그립습니다 3

담쟁이넝쿨

내 마음 닿는 곳에
뿌리를 내리고
꽃을 피우고 싶다

그곳이
그대의 가슴속이라면
더욱 좋으리라

그대가 그립습니다 4

담쟁이넝쿨

가다가 멈추어 선 곳
그곳에 뿌리를 내리고
꽃을 피우고 싶다

그대가 날마다 걸어가는
그대가 날마다 바라보는
그대가 밤마다 쳐다보는
그곳에서

그대가 그립습니다 5

평행선

그대와
만날 수 없다면

그대와
헤어지는 일도 없다

그대가 그립습니다 6
기찻길

조금만
더 가까이했으면
만났을 텐데

조금만
더 멀어졌으면
이별이었을 텐데

사랑은
기찻길처럼
적당한 거리를 유지하며

오래도록
함께 걸어가는 것

그대가 그립습니다 7

꽃과 꽃 사이
그대가 있었습니다

계절과 계절 사이에도
그대가 있었고
밤과 낮 사이에도
그대는
나를 바라보고 있었습니다

어느 외로움의 강가
노을빛 그리움으로
다가오던 그대

사람과 사람 사이에도
꽃이 핀다는 것을
그대가 다녀간 후에 알았습니다

꽃만 피워놓고
그리움으로 돌아간 그대여

저녁노을 붉게 타오르는

오늘 밤도 그대가 그립습니다

그대가 그립습니다 8

그대가 꽃을 보고 좋아할 땐
꽃이 되어
그대 가슴에 꽃으로 피고 싶었습니다

그대가 강물을 바라볼 땐
강물이 되어
그대에게로 굽이굽이 흘러가고 싶었습니다

그대 밤하늘에 별을 올려다볼 땐
밝은 별이 되어
그대 가슴에 환히 불 밝히고 싶었습니다

언제나
그대 가슴에
꽃이 되어 꽃으로 살고 싶었습니다

여자들은

여자는
눈물이었다가
기쁨이었다가
기다림이었다가
희망이었다가
행복이었다가

여자들은
남자들을
아프게 한다

호수의 눈물

새 한 마리
잔잔한 물결을
박차고 날아오르면
호수는
온몸으로 울기 시작한다
속 깊은 호수는
아픔을 속으로 삭이며
아닌 척, 잔잔해져 간다
내 가슴에 앉았던 아이
그 아이가
떠나갈 때도
내 가슴은 오랫동안
눈물을, 눈물을 흘렸다

빈 의자

저 빈 의자에
당신이 와 앉았으면 좋겠습니다

한번 앉으면
오랫동안 머물러 줄 수 있는 당신
한번 앉으면
누구나 우러러볼 수 있는 당신
한번 앉으면
누구에게나 웃음을 줄 수 있는
그런 당신,
언제나 큰소리치지 않고
항상 작은 목소리로 속삭여주며
세상을 살아가면서 들꽃 흔들림처럼
시들지 않고 내 곁에서 오래도록 피어나는
어떤 말이라도
내뱉는 말이 다 꽃향기로 흐를 수 있는
그런 당신이 와 앉았으면 좋겠습니다

한번 앉으면
권위와 권력을 앞세우지 않고
스스로 몸을 낮추며
사람들에게서 웃음 짓게 하고
한번 앉으면
마음이 금세 변하지 않는 당신
한번 앉으면
철새처럼 쉬 떠나가지 않고
내 앞에서 낮은 자세로
항상 같은 눈높이로 바라보며
사랑을 속삭여줄 수 있는 당신
마주한 커피잔 속에서도
부드러운 눈빛으로 다가와
눈 맞추어 주는 당신
그런 당신이
와 앉았으면 정말 좋겠습니다

가을 기도

가을엔
나의 노래를 부르겠습니다
나뭇잎들이 목청껏 노래를 부르듯
나의 잎새에도 찬란한 역사를 위하여
고운 색깔의 노래를 부르겠습니다
한여름의 흔적이
포도송이에 알알이 박혀있듯
지난날 나의 몸속에도
그대가 왔다 갔음을
가을이 돼서야 알게 되었습니다
가을은
사랑했던 사람들도
사랑하고 싶었던 사람들도
이별 앞에 눈물을 흘려야 했던 사람들도
모두가 그리운 계절

가을엔

누구에게나 사랑스러운 계절

한 그루의 미루나무가 사랑했던

여름날의 풍경도

홀로 죽어가는 아카시아꽃 슬픔조차도

아름답게 흩날리는 계절

가을엔

가을 속에서만 살 수 있도록

나의 가슴속에 풍만한 사랑을 채워주소서

가을 속에 슬픈 눈물까지도 사랑할 수 있다면

한 잎에 나뭇잎이

무참히 스러져가는 날에도

나는 서운치 않겠습니다

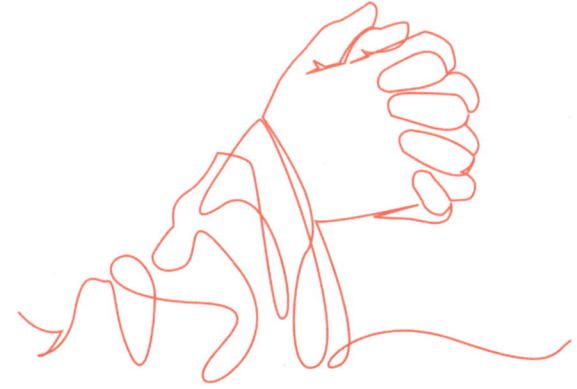

가을엔

가을만을 사랑할 수 있도록

지난날 나의 잘못을 용서해 주시고

가을 속에 살아 숨을 쉬는 모든 만물을

사랑하게 해주옵소서

한 알의 사과가

푸른 하늘 아래서

달콤하게 속살을 채워가듯

가을엔

사랑하는 이와 함께 익어가도록

허락하여 주옵소서

그대에게 쓰는 편지

봄날
끝끝마다 속삭이는
잎잎의 사랑들이
제 사연들을 내걸고서
나부끼는 속삭임으로
편지를 쓰고 부친다
강가 반짝이는
고운 모래 빛처럼
휘갈기는 잎잎의 사연들
봄날
사연 없는 나무들은
없는 듯,
모두가 편지를 쓰고 부친다
바람 따라 써대는
행간 속에 저 속삭임처럼
봄날에는
나도 그대에게 편지를 쓰고 싶다

사랑이란

사랑이란
바람 불어 흔들릴 때
함께 흔들려 주는 것
사랑이란
함께 바라볼 수 있는 곳을
오랫동안 함께 바라볼 수 있는 일
사랑이란
장미꽃 아름다움 앞에서도
아픔을 느낄 수 있고
슬픈 이별 앞에서도
행복함을 느낄 줄 아는 일이다
사랑이란
기찻길처럼 헤어지지 않고
오랫동안 나란히 同行하면서
때로는 갈 수 없는 길도
사랑하는 사람을 위해 가는 일이다

사랑이란

강물처럼, 별빛처럼

변함없이

오직 한곳으로만 흘러가는 일이다

사랑이란

밤하늘에 별처럼

언제나 그 자리에서 뜨고

변함없이 그 크기로만

나에게 다가와 오랫동안 머물러주는 사람이다

사랑이란

사랑하는 사람이

나로 인하여 눈물을 흘리지 않게 하는 일이며

사소한 이야기도

마주 앉아 미주알고주알 들어주는 일이다

사랑을 모르는 사람에게서는

아름다운 꽃이 피지 않으며

꽃의 아름다움을 모르는 사람에게서는

사랑의 향기가 나지 않는다

사랑이란
"고생했습니다!"
"감사했습니다!"
"수고했습니다!"
"당신을 사랑합니다!"
한 번쯤 말을 건네는 일이다

사랑이란
멀리 있지 않고
내 곁에 있는 사람이다

사랑이란
지금, 이 순간
내 아픔을 다독여주는 사람이다

여 운

지난여름
뙤약볕 아래
이글거리는 태양을 이고
아스팔트 위를 기어가던
달팽이 한 마리
길고 긴 길을 걸어
나에게로 오던 그대처럼
오늘은 어디쯤 가고 있을까

그리운 그대여
그렇게 한여름은 흘러갔네

미 소 1

내일도 오늘처럼
아름다운 당신의 미소를
볼 수 있었으면 좋겠습니다

미 소 2

오늘 아름다운 이 미소는
어제 하루 속에 피기 시작한
행복한 결과입니다

지금 이 시간은
내일의 아름다운 꽃이 될 수 있는
귀한 시간입니다

가까이에서

내가 너무 멀리 왔나 보다
가슴으로 품을 수 있는 거리만큼
가지를 뻗어 거두어들이는 넝쿨처럼
가슴으로 주체할 수 있는 사랑만큼
되돌아갈 수 있는 거리만큼 와야 했는데
되돌아가기에는 너무 먼 거리를 왔나 보다
멀어져가는 동안에도
나는 너를 잊지 않으려 너만을 생각했는데
이제는 되돌아갈 수 없는 거리에서
나를 잊은 너를 바라만 본다
네가 놓아버린 기억들 속에 아픔만이 가득,
푸르른 순(筍)이 시들어 가는 아픔 너는 알까
가지 끝에서 여물지 못하고
말라비틀어지는 꽃잎의 아픔을 너는 알까
원점에서 멀리 보내놓고
기억해 주지 않는, 슬픔을 너는 알까

네 잘못만은 아니라고 나 자신을 위로하지만,

믿을 수 없는 너의 마음

너의 배신만은 아니라고 나 스스로 위로하지만

이미 눈물이 되어버린 슬픈 사랑

한 번쯤 스쳐 가는 바람으로라도 스쳐 갔을 텐데,

너의 흔적을 느낄 수 없는 걸 보면

영영, 바람처럼 떠나갔나 보다

한 번쯤 곁눈질로라도 바라보았을 텐데,

너의 흔적은 보이지 않고

이젠 정말로, 구름처럼 산을 넘어갔나 보다

살다 보면 너 그리운 날이 있으리라

살아가다 네가 그리워지는 날 있다면

첫눈이 내리는 날 너를 한 번쯤 생각하리라

빗방울 창가로 멍울지는 날이면

창가에 너의 얼굴 한번 그려보리라

보랏빛 꽃이 피는 날

너의 환한 미소 내 가슴속에 활활 피워 보리라

단풍잎 휘날리는 가을날 너와 함께 거닐던

그곳에서 너의 옛 흔적을 따라 밟아보리라

무덥던 여름날 추억 속에 잠이 들던 그대의 품속에서

사랑하는 동안은

서로 멀어지지 말자고 했던 말들 이젠 내려놓는다

창가로 내린 어린 별들이

소곤소곤 속삭이는 말도 이젠 믿지 않으리

언제나 아래로 흘러가는 강물의 손짓에도 따라가지 않으리

또다시 누군가를 사랑해야 한다면

너무 멀리 가지 않기로 하자

또다시 누군가를 사랑할 수만 있다면 가까이에서,

아주 가까이에서 사랑만 하기로 하자

Chapter 3

훗날에 다시

K 형에게 1

K 형!
오늘은 봄눈이 내렸습니다.
내 마음처럼
뒤돌아서서 가지 못하고 아쉬운 듯
봄눈이 하루 내내 내렸습니다.
눈물을 머금은 물기로, 촉촉이
계절이 끝나고 시작하는 사이, 그 사이
겨울과 봄의 중간은 그렇게도 슬픈가 봅니다.
눈물을 머금은 눈이 펑펑 내렸으니 말입니다.
봄을 재촉하는 눈은
어쩌면 지난겨울을 잊고 싶어
울고 있는지도 모릅니다.
누군가가 말했습니다.
봄눈은 쌓이지 않고 쉬 녹는다고요
그러나 뜨거운 열기에도
나의 가슴속에
당신의 웃음 짓는 모습이 사라지지 않는 것은 왜일까요?

K 형!

형을 만나온 몇 년여 동안

저는 얼마나 행복했는지 모릅니다.

어느 날 내 앞에 불쑥 나타나

인생을 같이 하자고 한 그 말, 그 말이 생각나는지요.

갈잎에, 햇살에 비스듬히 쏟아지는 날

그날 우린 처음으로 만나지 않았소.

나는 당신의 그 웃음 짓는 모습을 차마 잊을 수 없어

당신을 영원히 갖고 싶다고 한 말도 기억하는지요.

K 형!

당신을 만나오면서

나는 얼마나 행복했는지 모릅니다.

우리 가벼운 식사를 하면서도

식탁에 마주하는 동안 큰 웃음이 오고 갔고

마주 앉아 같이 식사 하는 동안

누구 하나 싫은 모습을 하지 않았지요.

조그만 선물을 주고받으면서도

너는 나를, 나는 너를 위로해 주었고

마음속에서 우러나오는 마음으로 사랑으로
같이 했음을 저는 압니다.
형의 마음도
저와 같다는 것을 저는 오래전부터 알았습니다.

K 형!

우린 서로가 서로를 매일 같이 잊지 않고

생각해 주었지요.

만나지 못하면 전화기를 들고 안부를 물었고

매일 같이 편지를 주고받았지 않았소.

아침 일찍 하루를 시작하기 전

형의 소식이 제일 먼저 나의 가슴을 열어주곤 했습니다.

형이 보고 싶을 때

내 마음이 먼저 형 집에 다다라

형이 나오기만을 기다릴 때도 많았어요.

어떤 날은 아예 밤새도록 형의 집 앞에서

달빛을 친구삼아 서성거릴 때도 있었습니다.

이제 형을 만나지 못한다 해도

형을 욕하거나 원망하지 않겠습니다.

나는 형을 생각하는 자체만으로도 행복했습니다.

지금도 나는 형을 원망하지 않습니다.

우린 약속했지요.

인생에 있어 둘만의 아름다운 추억을

먼 훗날까지 만들어가자고,

그리고 영원한 비밀로 해두자고.

그래요.

인생에 있어 형과 나의 아름다웠던 추억 하나쯤으로 생각하겠

습니다.

형이 원하는 대로 되었으니

이제는 되었는지요라고 묻고 싶습니다.

K 형!

이제는 당신을 원망도 하지 않고

우리 주고받았던 웃음은 행복으로 생각하며 살아가겠습니다.

살아가다 형이 보고 싶은 날이 있다면

가끔 형을 만나던

그 추억의 장소를 가보겠습니다.

그러면 형의 발자취와 내음이 있겠지요.

형! 형이 가까이 있지만
형이 그립다는 말밖에 할 수가 없군요.
형을 부를 수 없는 내 심정을 아시는지요.
형에게 다가가지 못하는 내 심정을 아는지요.

사람은 만나기도 하고
헤어지기도 하는가 봅니다.
막상 헤어져 있으니
같이 할 때보다 더 눈물이 납니다.

사랑은 눈물로부터 이별을 고하는가 봅니다.
어느 누구보다도 사랑했던 형.
마지막 인사라도
나누고 작별을 고했으면 나 이렇게 울지는 않았을 텐데,

먼 길 돌아
이제는 혼자 가야만 하는 길
외롭진 않겠습니다.

혼자 가는 길, 가슴속에 형이 있었으니
혼자이되 혼자가 아닌 길을
나는 외로이 걸으면서도 외롭지 않겠습니다.

K 형!
형도 길을 가다 힘들면
우리 행복했던 날을 떠올려보세요.
나는 형을, 형은 나를 생각해 준다면
우리 만남은 헛된 만남이 아니란 걸 알게 될 것입니다.

K 형!

형을 위하어

내 마음을 거두어들이겠소.

아니 내 자신을 위해서라고 말해야 맞는 것 같소.

형이 떠나가고

매일 같이 형을 생각했지만, 이젠….

무를 단칼에 베듯 잊을 수는 없지만

이제는 형의 모습을 잊어보겠습니다.

K 형!

요즘 여기저기 봄기운 돌고 있습니다.

꽃이 피려는지 바람도 제법 따뜻하게 불고 있습니다.

가지 말라고 매달리지 못한 나의 불찰.

믿어달라고 부탁하지 못한 나의 마음

나만을 사랑해달라고 억지를 쓰지 못한 마음

형을 잡지 못해 정말 미안합니다.

형에게 하고 싶은 마지막 말이 있습니다.

언제 어디서나 부디 행복하소서.

다시 만날 수 있는 그날까지

K 형에게 2

K 형!
정말 오랜만에 형의 이름을 불러봅니다.
그간 잘 있었는지요?
묻지 않아도
어딘가에서 행복한 모습으로
잘살고 있으리라 믿습니다.
같은 하늘 아래 살면서도
같은 달빛 아래 잠이 들면서도
멀지 않은 곳에서 함께 숨 쉬고 있다는 것을 알면서도
안부를 묻는다는 게
왜 이렇게 어려운지 모르겠습니다.
형은 아는지요?

K 형!

봄날은 벌써 꼬리를 흔들며

어딘가로 사라져 가고 있습니다.

사라져 가는 뒤로

아쉬운 듯

담장 너머에서 장미꽃이 손짓하고 있습니다.

아카시아 꽃향기 온밤으로 흔들리던 날밤

사랑스럽던 우리 옛 추억도 사라지고

담장 너머에서 세상을 유혹하며

장미꽃이 바람에 흔들리고 있습니다.

그 꽃을 오래 바라보면 볼수록

형의 모습이 떠올라

보고 또 보고,

길을 걷다가 오래도록 바라만 봅니다.

K 형!

형이 맑게 웃어주던 그 모습처럼

뒤끝이 없는 개운한 모습으로

부담 없이 다가왔다 되돌아가는 사랑처럼

형의 웃는 모습을 닮은 꽃

그 꽃이 붉게 붉게

6월의 담장에 서서

어서 오라 날 부르는 것만 같습니다.

흘러가는 강물처럼

기약 없는 이별 속에

꽃은 지고, 바람은 산 너머로 흘러갑니다.

많은 시간 속에

형의 이름을 부를 수 있고

형을 생각할 수 있다는 것만으로

나는 언제나 행복합니다.

많은 사람 중에

형을 오래도록 기억할 수 있다는 것만으로도

혼자인 지금도 나는 행복합니다.

K 형!
형을 생각하는 날이면 나의 하루는
꽃향기를 발산하는 봄꽃처럼
나의 몸에서는 하루 내내 꽃향기가 납니다.
형이 그리울 때나
형이 보고 싶을 때나
형을 생각하는 동안 나의 하루는
꽃이 되어 꽃으로 피고 집니다.

K 형!
형을 가슴으로 품고 사는 동안에는
들녘을 휩쓸고 지나가는 바람에도
아픔을 느끼지 않으며
누가 찾아주지 않아도
황량한 들판에서 홀로 꼿꼿이 서서
하루의 뜨거움을 온몸으로 이겨낼 수 있습니다.
칼날 같은 바람이 불어와도 쓰러지지 않고
하루 내내 흔들릴 수 있습니다.

들꽃이 아름답게 피어날 수 있는 것은
내 마음 어딘가에
아름다운 꽃을 피울 수 있는 사랑이 있고

밤하늘에 반짝이는 별이
내 가슴 가득 뜰 수 있는 것은
내 가슴 가득
그대가 바라보고 있는 별이 뜨기 때문입니다.

K 형!

묻지 않아도

어딘가에서 잘살고 있으리라 믿습니다.

서로 소식이 없어도

서로 안부가 없어도

그게 잘 있는 거라며

우리 언젠가 마주 보며 이야기를 나누었던 것처럼

형도 어딘가에서 잘살고 있으리라 믿습니다.

우리 살아가는 동안

잊지 말자고 한 약속

오래도록 지켜졌으면 정말로 좋겠습니다.

살아가면서 누군가를 있는 힘을 다해 사랑했고

인생의 어느 마디에서 누군가에게

잊힐 수 없는 사랑을 받으며

나 행복했었노라고 떠올릴 수 있는 사랑이라

정말 더없이 행복했고, 좋았습니다.

K 형!
어느 날 형이 나에게로 왔다가
이별을 고하고 되돌아간 것처럼
봄이 소리 없이 왔다가
이제는 서서히 돌아서서 가고 있는 시간입니다

K 형!
꽃만 피워놓고 사라져 가는
봄의 뒷모습처럼 아쉬운 계절은 없는 듯합니다
형은 봄을 닮은 사람인가 봅니다
형을 생각하면
사라져 가는 봄의 뒷모습처럼 아쉬움이 많이 남습니다.
지금 이 시간 꽃잎이 지는 슬픔보다는
가을날의 알알이 여문 사랑을 생각하며
그 행복을 위하여
사는 게 현명하리라 생각하겠습니다.

K 형!
봄이 먼 길 되돌아와
화사한 꽃을 피우고 가는 것처럼
형도 나에게로 되돌아와
다시 한번 꽃으로 피어났으면 좋겠습니다.

봄이 먼 길 되돌아와
화사한 꽃을 피우고 가는 것처럼
형도 나에게로 되돌아와
다시 한번 꽃으로 피어났으면 정말 좋겠습니다.

나의 인생에 있어
누군가로부터 잊을 수 없는 사랑을 받았었노라고
떠올릴 수 있는 삶이 있어 나는 행복합니다.
나의 인생에 있어
누군가를 죽도록 사랑할 수 있었던
사람이 있었노라고
회상할 수 있는 사람이 있어 나는 행복합니다.

K 형!
나의 옷깃을 스친 바람이
형을 향하여 불어 갑니다.

K 형!
바람이 불어오거든
바람을 향하여 두 팔 벌려 날 안아주세요.
나의 그리운 향기 형은 알겠지요.

K 형!
세상에 꽃이 피고 지는 한
우리 언젠가는 다시 한번 더 만날 수 있으리라 믿으며
밤하늘에 별이 가득 반짝이는 밤이면
나의 이름을 한번 불러주세요.

K 형!
밤하늘에 별이 뜨고 지는 한
우리 언젠가 다시 한번 더 만날 수 있으리라 믿으며
들녘에 꽃이 그리움으로 흔들리면
나의 이름을 한번 불러주세요.

이별

이별한다는 거
또다시 만날 수 있는 기회를 주는 것
떠난다는 거
다시 돌아올 수 있는 기회가 있다는 것

이별을 슬퍼하거나
아쉬워하지 말자
봄날 꽃잎이 지듯
가을 단풍이 지듯
시간이 지나면
누군가는 떠나고
누군가는 이별을 해야 하는 것

해가 지고
별이 뜨면
누군가는 떠나기도
누군가는 이별을 하기도 한다

이 계절에
누군들 떠나고 싶은가?
누군들 이별하고 싶은가?
인생은 흘러가는 것처럼
어두워지면 떠나야 하고
시간이 되면 헤어져야 하는 것

누군가는 떠나가고
누군가는 이별을 해야
새로운 사람이 오고
새로운 만남이 오는 것

오늘 그대와 이별을
오늘 그대가 떠남을
슬퍼하거나 눈물을 흘리지 않으리
새로 오는 그 사람을 위하여
밝은 얼굴로
봄을 맞이하듯
향기로운 모습으로
그 사람을 맞이하리라

어서 오라

폭풍우 치던 밤
어둠이 물러가고
나의 아침이 밝아온다
떠나간 봄도
다시 오려고 먼 곳에서
몸단장하고 있다

마당을 깨끗이 쓸고
담장 아래 꽃을 심는다
뒤돌아보면 참 고마운 사람
없으면 더 보고 싶은 사람
먼 곳에 있어도 생각나는 사람
오늘도 그 사람을 위하여
마당에 조팝나무 한 그루를 심는다

꽃은 함께 피고 져야 아름답고
꽃은 함께 흔들려야 아름답다
우리 함께 한 날 중에
어디 아름답지 않은 꽃 있었던가?

네가 꽃피고
서 있을 곳은 여기
네가 웃고 눈물 흘릴 곳도 여기
나의 아름다운 사랑이여!

환한 봄을 이끌고
어서 오라!

너는

강물이 먼 길 돌아 깊은 바다의 품에 안길 때도
너는
바람이 높은 산을 넘어와 꽃잎을 사르르 흔들 때도
너는
창밖에 목련꽃이 꽃문을 활활 열 때도
너는
시월의 하루가 알알이 익어갈 때도
너는
밀려왔던 파도가 알알이 부서져 내릴 때도
너는
밤하늘 그리움으로 별을 헤아릴 때도
너는
어느 바닷가에서 나란히 걸었을 때도
너는
파도처럼 뒤돌아서 서서 멀어져갈 때도
너는
내 가슴속에 해맑은 꽃으로 피었다
너는

사랑 1

얼마나 흔들려야 할까

차들이 바람을 몰고 휙휙 지나갈 때마다

온몸이 흔들리며 마디마디 꺾어질 듯한 이 고통

무심한 지나침은 나의 아픔을 모른다

길거리에서 한 포기의 풀로

먼지 폴폴 나는 신작로에서 한 그루의 가로수로

언덕 위의 이름 없는 은가시꽃 풀로 살아가야 하는

나의 아픔을 모른다

나의 맨몸을 더듬고 지나간 세월은

더더욱 모른다

네가 나에게 죄를 짓고 떠난 것처럼

아직도 나에게 라일락꽃 향기를 보내고 있는 것처럼

한 방향으로만 부는 바람은 나의 몸을 부러트리는 고통이다

어쩌면 타인의 아픔은 나의 아픔이 될 수 없는 것처럼

가을의 끝에서 들판의 생명을 모조리 앗아간 차가움처럼

한번 흘러간 강물이 되돌아오지 않는 것처럼

사랑 후의 이별은 절대 되돌아오지 않는 것처럼

흔들릴 때마다 나는 너를 생각한다

나의 삶은 흔들리지 않으면 죽음이다

나는 오늘도 너를 잊지 않으려 흔들린다

사 랑 2

풀 한 포기의
그늘에서도

나무
한 그루의
그늘에서도

더는 바라지 않고
고마움을 느끼는 일

사랑 3

사랑하는 당신!
꽃이 지고 난 뒤의 그 슬픔처럼
더 큰 아픔은 없겠지요.
아름답게 피었던 꽃이
내 가슴속에 오래도록 남아있듯
내 가슴속에서 오래도록 향기를 날리듯이
한번 아름답게 핀 꽃은 영원히 아름답습니다.
그러나 그 아름다웠던 향기를 잊지 못하면
세상에는 그 꽃 하나만 피고 집니다.

사랑하는 당신!
꽃은 또 피어납니다.
꽃이 진다고 슬퍼하거나
꽃이 진다고 노여워하지 마세요.
시간이 흐르면 아름다운 꽃은
또 내 가슴에서 새롭게 피고 집니다.

사랑하는 당신!
사라져 버린 꽃의 아름다움을
아쉬워하지 마세요.
꽃향기를 잃어버린 시든 꽃에
너무 슬퍼하지 마세요.
하나의 꽃향기에 너무 집착하지 마세요.
기다리는 시간 속에
세상에 아름다운 꽃은 또 핍니다.
어쩌면 그 꽃보다도 더 아름다운 꽃이
어느 날
당신 앞에서 활짝 꽃잎을 터트릴지도 모릅니다.

당신!
꽃은 꽃으로 피고
꽃으로 졌을 때
아름다운 꽃입니다

당신!
그거 아세요?
아름다운 꽃은
하나의 향기만 날린다는 거를….

당신!!
그거 아세요?
아름다운 꽃은
향기를 버리지 않는다는 거를….

당신!
그거 아세요?
아름다운 꽃 옆에는
아름다운 꽃들만 산다는 것을….

당신!
홀로 핀 꽃이
왜 아름다운지 아시나요?
홀로 핀 꽃은
눈물이 많기 때문입니다

섬

하루
두 번
옷을 벗는다

그대를
사랑하고 싶어

추미상상(秋美想象)

그녀가
창가에 앉아
커피를 마신다
창밖에선
시월의 마지막 붉은 꽃잎들이
바람에 날리듯
세상의 그윽한 향기를 싣고
점점이 가슴으로 물이 들고
나무 탁자 위에 놓인 커피잔에서는
가을 향이 모락모락 피어오른다
시월의 여문 속살처럼
책 속의 아름다운 미소만을
그대로 닮아가는 女人

그녀가 어제처럼

오, 늘, 도,

커피잔을 앞에 두고

먼 옛날의 사랑을 생각하며

창밖을 바라본다

은행나무 창가에

그녀의 깊은 가을이 익어간다

비스듬히 쏟아지는 햇살 속에

흩날리는 머릿결 사이로

살랑살랑 꼬리치며 떠나가고 있는,

가을날 창가에 앉아

詩集의 맑은 행간을 읽어 내리는 女人

그녀의 어깨 위로 내린 가을 햇살처럼

올가을엔 그녀의 마음으로 물이 들고 싶다

구인 광고(求人廣告)

외로운 사람은 언제든 오라

나도 남자다

라일락꽃 그리움

보고 싶다.

보고 싶다. 보고 싶다.

보고 싶다. 보고 싶다. 보고 싶다.

보고 싶다. 보고 싶다. 보고 싶다. 보고 싶다.

보고 싶다. 보고 싶다. 보고 싶다. 보고 싶다.

보고 싶다. 보고 싶다. 보고 싶다.

보고 싶다. 보고 싶다.

보고 싶다.

그대에게로 가고 싶은 날은

피는 아픔으로

4월이면 참아온 울음을

터트린다

뭉게구름이 흘러가는 곳에는

그대와 연애를 걸고 싶은 날
하늘에 뭉게구름은 언제나 산 너머로 내달음친다
급히 연애를 걸로 가는 걸까?
가서 다시는 되돌아오지 않는 뭉게구름
행복에 겨웠었나 보다!
나도 가끔은 연애를 걸고 싶은 날
뭉게구름 따라 산 너머로 한 번만 가봤으면….

월요일은 그대가 더 보고 싶어요

월요일은 그대가 더 보고 싶어요
일요일에 숨어있던 그리움들이
한꺼번에 뭉텅뭉텅 쏟아져 나옵니다.

방 황

가느다란 머리카락
한 올의 흔들림에도
아픔을 느껴야 하는 것처럼
당신의 곱디고운
머릿결 흔들림에도
세상 밖 멀리
멀리 날아갈 것 같은
방황 속에 연약한 모습으로
서 있습니다.
솜사탕 솜털에 살짝
닿기만 하여도 툭 터질 것 같은,
누군가 눈길만 주어도
그 눈길을 따라가고 싶은
방황 속에 나약한 모습으로
나 여기 서 있습니다.

그대의 고운 입김에도
넘어질 것 같은 나약함으로
오늘 여기에 섰습니다.
누군가 쓰러져가는 나를
살짝 잡아준다면
누군가 살며시 다가와
방황 속에 울고 있는 나의
이정표가 되어 줄 수 있다면….
눈물은 마른 지 오래
흐를 수 없고
볼 수 없어
흔들리는 방황 속에
오늘도 나 울고 있습니다

들꽃

들녘을 지날 때
무수한 들꽃들이 바람에
흔들렸습니다
홀로 걷는 길
들꽃 하나
길을 걷고 있는
나 하나만 바라보았습니다
몰랐습니다, 난
단지 들꽃들이 바람에 흔들리고
있는 줄만 알았습니다
바람도 멎은 길
가다 뒤돌아보니
들꽃 하나
아직도 나를 향하여
흔들리고 있습니다

꿈

그대 나 아닌 사람과
다정히 걷는 걸 보았습니다
아니겠지, 아니겠지
생각하고, 다시 보았지만
나 아닌 사람과 걸어가고 있었습니다
나는 여기 이렇게 있는데
달려가 그 사람을 아프도록 갈겨주고 싶었지만
내 몸은 쉽사리 따라 주지 않았습니다
그대는 나 아닌 사람은 없다고
내 앞에서 고백하던 날이 있었습니다
그대는 나 이외는 그 누구도
사랑하지 않겠다던 약속이 있었습니다
그대는 나 아닌 사람과
너무나 다정히 걷는 것을
나는 분명히 보고 말았습니다
그대와 저녁 내내 거닐었던
어젯밤 꿈은 정말로 달콤했습니다

그대와 함께라면

그대와 함께라면
비 오는 날도
나 외롭지 않겠습니다

바닷가에 홀로 서는 날도
그대 내 옆에 있는 듯
나 외롭지 않겠습니다

수많은 날에
뜬 저 많은 별이
날 잠들지 못하게 한다 해도
깊은 단잠에 빠져들 수 있습니다

이 세상
그대와 함께라면
들꽃 외로이 흔들리는
길을 홀로 걷는 시간도
활짝 피어나는 꽃처럼 웃을 수 있습니다

이 세상
그대와 함께할 수만 있다면
나 정말로 행복합니다

버릴 수밖에 없었던 일

어쩔 수 없이
버려야 내가 살 수 있다면
그렇게 하겠습니다
죽어도 버릴 수 없었던 것
없으면 죽을 것만 같았던 것
이제는 버릴 수 있습니다
버려짐으로써 내가 살 수 있고
내가 살아 있음으로써
버릴 수밖에 없었던 것
그러나
다시 가질 수 있다면
다시 갖고 싶은 것
버릴 수밖에 없었던 것
꽃을 사랑하듯
너를 바라보듯
영원히 갖고 싶은 것
그대!

파 도

홀로 바다의 끝에 서는 날이면
바다는 나에게 손을 내밀며
닿을 듯 닿을 듯이 다가왔다 되돌아간다
어느 날 나에게 다가왔다 되돌아간
그녀처럼
파도는, 그렇게
산산이 부서지는 하얀 아픔만 내려놓고
말없이 되돌아간다

이젠 바다의 끝에 서지 않아도
내 가슴엔 파도가 일고
이젠 바다의 끝에 서지 않아도
해 질 녘이면 저녁놀이 뜬다
기다리는 사람이 없어도
파도는 혼자서도
기다림을 만들어 간다
바다는 붉은 노을빛 아래
어둠으로 잠들었지만
붉고 붉어진 파도는
이내 잠들지 못하고
날마다 바다를 닮은 그녀를 찾아
바닷가를 서성인다

그대 나를 아느냐고 물으신다면

그대 나를 아느냐고 물으신다면
나는 이제 그대를 모릅니다
대답하리오
그대 얼굴을 그릴 줄 안 날, 그날부터
가슴 가슴으로 파고든 아린 세월을
그대를 몰라서 행복했던 세월로 다독이며
이제는 눈물을 거두어 드리오리다
밤하늘에 고운 별들은 언제나 그대 모습으로 다가왔고
달빛 고운 입술은 내 가슴, 가슴으로 밀려와 불 밝혔소
구절초 피는 계절 아름드리 갈꽃을 꺾어
그대 품으로 한 아름 안겨 드리고 싶었다오
발자국 마디마디에다 그대의 사랑을
무지갯빛 영롱한 추억으로 수놓고 싶었다오

갯벌에 눌린 발자국은

바닷물에 쓸려 지워지고

밤의 끝은 낮의 시작이란 걸

죽어도 죽어도 몰랐습니다

강물은 둑을 넘어 벌써 아래로 흘러갔습니다

흘러내린 물은 구름이 되어 다시 온다지만

지금은 내 곁을 떠나 먼바다로 갔습니다

그대 나 아느냐고 물으신다면

서슴없이 대답하겠습니다

끊어질 수 없는 긴 꼬리를 남기며

굽이 굽이쳐 아래로 흘러갔다고 말하겠습니다

그대 나 아느냐

그래도 또 물어오신다면

나 이제는 그대를 모릅니다

모릅니다. 대답하겠습니다

정녕 대답은 그리하겠습니다

첫 눈

한 통의 전보(電報)처럼 성질도 급했나 보다

한 번의 입맞춤으로

말없이 울고 울어

사라진 사랑 글자 위에 흐르는 눈물

시들어버린 꽃 편지지 위로 넘쳐

님 소식 알지 못했네!

전하지 못한 사연은

아랫마을로 허허롭게 되돌아가고

바람은 하늘을 향해 숨죽이는데

인생사 첫 만남은 허망한 거라고

첫눈은 땅으로 전보 한 통을 급히 띄웠다

'첫사랑은 오래 머물러주지 않는다'

보고 싶거든 보고 싶다고 말하지 말아요

보고 싶거든 보고 싶다고 말하지 말아요
밖으로 나온 보고 싶음은 허공을 맴돌다
부풀려진 그리움 배가되어 눈물로 돌아옵니다
보고 싶음은 보이지 않을 때 오는 것
보고 싶거든 보고 싶다고 말하지 말아요
보고 싶음도 오래되면 그리움으로 돌아옵니다
보고 싶거든 그리움이 있는 곳 하늘을 보세요
그 하늘 아래 보고 싶은 그대 모습 웃고 있어요
그리움으로만 다가오는 그대여!

라일락꽃 향기

사무치는
그리움에
누군가가
보고 싶어
창밖을 볼 때
재 너머 어디선가
은은한 라일락꽃 향기 바람결에 전해오면
당신을 잊지 못하는
사무치는 그리움에 마음 아파하는
당신을 향한 아름다운 내 마음에
향기로운 꽃내음이라 생각해 주오

라일락꽃 향기 흐르는

4月의 도서관 나무 그늘 아래

다소곳이 앉아 시집을 보고 있는

당신의 아스라한 옆모습을 보았습니다.

보는 순간 너무 기뻐 어찌할 줄 몰라

반가움에 다시 한번 더 오랜 시간,

아쉬움에 한 번 더 뒤돌아보았습니다

당신이 아니란 걸 알면서도 오래도록 눈물지으며

그 당신의 멀어져가는 뒷모습을

그리움으로 바라보았습니다

그렇게라도 볼 수 있는 당신이기에….

4월의

은은한 라일락꽃 향기 속에

당신 향긋한 내음이 납니다